Le Secret du Transi

Ludovic Purson

Le Secret du Transi

Roman historique

En application de l'art. L.137-2.-I. du code de la propriété intellectuelle, toute reproduction et/ou divulgation de parties de l'oeuvre dépassant le volume prévu par la loi est expressément interdite.

Édition : BoD · Books on Demand, 31 avenue Saint-Rémy, 57600 Forbach, bod@bod.fr
Impression : Libri Plureos GmbH, Friedensallee 273, 22763 Hamburg (Allemagne)

ISBN : 978-2-3226-3495-8
Dépôt légal : mai 2025

« *La vérité est la lumière qui éclaire notre raison, et il n'est pas de plus grand devoir que de chercher cette lumière.* »

— Jacques Lefèvre d'Étaples

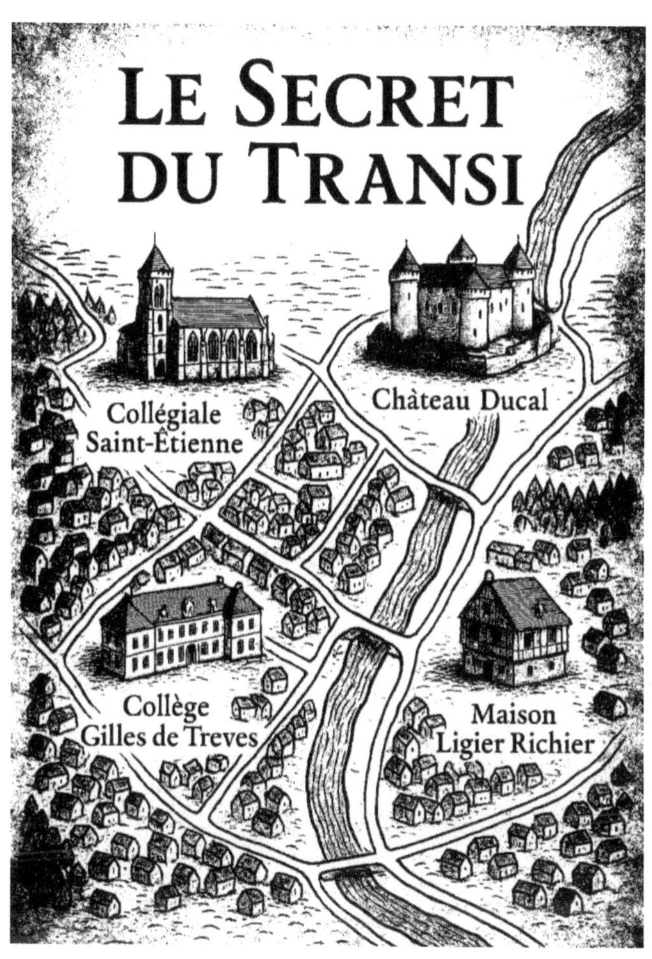

LE SECRET DU TRANSI
Collégiale Saint-Étienne
Château Ducal
Collège Gilles de Treves
Maison Ligier Richier

Chapitre 1 – Nuit sacrée

La nuit était tombée sur Bar-le-Duc comme un voile de plomb. Le vent froid de novembre s'infiltrait entre les ruelles escarpées de la Ville Haute, effleurant les façades sombres des hôtels particuliers et les vieilles pierres du collège Gilles de Trèves, récemment achevé. Au-dessus, l'imposant château ducal dressait sa silhouette massive, veillant sur la cité endormie comme un vieux lion mélancolique.

Dans la collégiale Saint-Étienne, tout était silence, hormis le crissement léger de la lanterne que portait le vieux sacristain Renaud Galliot. Courbé par l'âge, enveloppé dans une cape rapiécée, il avançait d'un pas lent entre les piliers gothiques, dont les ombres projetées par la flamme vacillante s'étiraient comme des spectres sur les murs de pierre blonde.

La collégiale, perchée sur les hauteurs de Bar-le-Duc, dominait toute la vallée de l'Ornain. À cette époque, on disait qu'elle rivalisait avec les plus belles églises ducales de Lorraine. L'édifice, enrichi par les dons des ducs et des chapitres canoniaux, arborait déjà ses splendides voûtes nervurées, ses vitraux historiés, et ses chapelles latérales ornées d'autels Renaissance.

Renaud s'apprêtait à éteindre les cierges du chœur. Le lendemain, on y célébrerait une messe solennelle pour la Toussaint. Une foule nombreuse était attendue : le chapitre des chanoines, les nobles de la cour, des érudits du collège, et peut-être même un représentant du duc Charles III.

Mais en s'approchant du bras sud du transept, où était exposé une œuvre étrange et célèbre, un malaise confus l'envahit.

Le *Transi*.

La statue. Celle qu'on appelait dans tout Bar-le-Duc « le Squelette au cœur », œuvre du maître Ligier Richier, sculpteur ducal renommé. Ce cadavre d'homme nu, rongé par la mort, tendant son propre cœur vers le ciel, trônait dans une chapelle latérale.

Une œuvre de piété et de méditation, mais aussi de crainte. On disait que Richier l'avait taillée dans un seul bloc de pierre de calcaire des carrières de Sorcy, et qu'il avait modelé chaque tendon à la lumière de véritables dissections.

Mais là... quelque chose n'allait pas.

Le sacristain s'approcha, sa lanterne tremblante levée à hauteur d'yeux.

Le cœur.

Le cœur n'était plus là.

À la place, dans la main osseuse du Transi, reposait une petite bourse de velours noir, entrouverte, d'où débordaient des pièces anciennes, ternies, certaines romaines, d'autres frappées à l'effigie de Charles Quint. Et glissé parmi elles, un parchemin roulé.

Renaud, le souffle court, le prit du bout des doigts. Il tremblait, et pas seulement à cause du froid.

Sur le parchemin, tracée d'une écriture fine et nette à l'encre brune, une citation latine :

"Nullum magnum ingenium sine mixtura dementiae fuit."
(Il n'est point de grand génie sans une part de folie) —
Sénèque

Un souffle glacé traversa la nef. Le sacristain chancela.

— Sainte Vierge…

Il tomba à genoux, les mains tremblantes, puis se releva en hâte et s'élança vers la sacristie. Dans sa panique, il laissa la lanterne choir, qui s'éteignit sur les dalles.

À l'aube, la nouvelle s'était répandue comme une traînée de poudre dans toute la Ville Haute. Des moines aux marchands, des élèves du collège Gilles de Trèves aux épiciers de la rue Bar la Ville, tout le monde parlait du sacrilège. Certains criaient au blasphème, d'autres à un message politique. Les plus superstitieux y voyaient un présage de fin des temps.

Dans les ruelles étroites, entre les façades en pans de bois et les pierres blondes, les langues se déliaient.

— Et moi je vous dis qu'c'est les huguenots ! Ils veulent détruire les images, comme à Genève !

— Non, non… C'est un message pour le duc. Une menace contre le pouvoir. Bar-le-Duc est trop lettrée, ça dérange.

— On dit qu'un cercle d'étudiants du collège cache des livres interdits… Vous croyez que c'est eux ?

La collégiale Saint-Étienne fut fermée provisoirement au public. Le chapitre canonial, ébranlé, se réunit dans l'urgence. Le curé interdit tout commentaire. Mais cela ne fit qu'attiser les fantasmes. Déjà, des jeunes gens juraient avoir vu des ombres danser dans les vitraux, ou entendu la statue du Transi « chuchoter » dans la nuit.

Le collège, fondé trente ans plus tôt par Gilles de Trèves, chanoine lettré admiré des humanistes, fut sommé de renforcer la surveillance. Le duc Charles III de Lorraine, informé, ordonna l'ouverture d'une enquête officieuse. Un conseiller du Parlement prévint qu'un certain Michel de Montaigne, philosophe bordelais de passage en Lorraine, venait d'entrer en ville.

Certains pensaient que cette affaire n'était qu'un fait divers macabre.

D'autres, qu'elle était la première pierre d'un tumulte plus vaste.

Chapitre 2 – Un hôte illustre

Le 23 novembre 1580, un cavalier solitaire suivait au pas les pavés usés du vieux chemin montant vers la Ville Haute de Bar-le-Duc. Le ciel était chargé, et la brume s'élevait doucement de la vallée de l'Ornain, enveloppant les toits d'ardoise et les clochers de son voile gris. L'homme, vêtu de noir sous un manteau de voyage doublé de laine, portait une barbe taillée courte et un regard alerte malgré la fatigue. Il approchait de la cinquantaine, mais son œil, vif comme au premier âge, trahissait une intelligence affûtée.

Michel Eyquem de Montaigne, ancien maire de Bordeaux, gentilhomme lettré et philosophe sceptique, arrivait à Bar-le-Duc sur la route de Rome. Il avait entrepris ce voyage quelques mois plus tôt pour fuir les pesanteurs politiques de Guyenne et, disait-il, pour soigner ses maux de reins. Mais ceux qui le connaissaient savaient que c'était aussi un pèlerinage intérieur, un périple nourri de rencontres, d'observations, de livres… et d'hommes.

Le duc de Lorraine, informé de sa présence dans le duché, lui avait fait adresser une lettre de recommandation pour le collège Gilles de Trèves, institution humaniste réputée dans tout l'Est du royaume de France. Montaigne, curieux des expériences pédagogiques, s'y rendait volontiers.

La porte monumentale du collège s'ouvrit devant lui.

Le collège était une bâtisse austère mais harmonieuse, située à proximité de la collégiale Saint-Étienne. Fondé en 1573 par Gilles de Trèves, chanoine érudit formé à Paris et grand défenseur de la pédagogie jésuite, l'établissement avait été pensé comme un bastion de savoir catholique face aux troubles de la Réforme. On y enseignait la grammaire, la rhétorique, le grec, le latin, mais aussi la théologie, dans un esprit de rigueur intellectuelle et de morale sévère.

Montaigne fut accueilli dans une grande salle au plafond à poutres apparentes, décorée de fresques allégoriques représentant les vertus cardinales et les muses. Une cheminée sculptée fumait doucement dans un coin, et plusieurs pupitres étaient encore encombrés de livres ouverts et de plumes noircies d'encre.

— Monsieur de Montaigne, c'est un honneur rare, dit Gilles de Trèves en s'inclinant légèrement.

L'homme, âgé d'une soixantaine d'années, portait une soutane noire aux bordures sobres, et ses yeux clairs brillaient derrière des lunettes de cuivre. Il avait l'air fatigué, mais solide, comme son collège.

— C'est moi qui suis honoré, messire chanoine. Votre réputation précède vos murs.

Ils échangèrent les courtoisies d'usage, puis s'assirent près du feu. Gilles fit servir un vin clair de Meuse, accompagné d'un pain noir et de noix fraîchement cassées.

— Nous vivons des temps dangereux, dit-il enfin, en brisant le silence. Le duc fait de son mieux, mais les esprits s'échauffent. Hier encore, un pamphlet calviniste a circulé jusque dans les dortoirs. Et ce matin, vous avez entendu parler du scandale à la collégiale ?

— Un Transi mutilé, ai-je ouï dire.

— Pas n'importe lequel, monsieur. Celui de Ligier Richier.

Montaigne haussa un sourcil. Le nom ne lui était pas inconnu. Il se souvenait d'un ouvrage d'architecture mentionnant un sculpteur lorrain au style macabre mais virtuose. Il s'agissait d'un certain Richier, né à Saint-Mihiel, disciple du réalisme à la flamande, et qu'on comparait parfois à Michel-Ange pour sa science du drapé et du mouvement.

— Quelle idée, soupira Gilles, de commettre une telle profanation dans ces temps de tensions... C'est jeter de l'huile sur le feu.

Il se leva, les mains croisées dans le dos.

— Le collège est observé, monsieur de Montaigne. On nous accuse d'héberger des idées trop modernes, d'encourager les esprits jeunes à la critique, à l'examen. On oublie que c'est le fondement même du savoir.

Montaigne sourit.

— Il est vrai que penser est, par nature, suspect dans tout bon gouvernement.

Le soir venu, Montaigne fut conduit dans une chambre haute du collège, dont la fenêtre donnait sur les remparts sud de la ville. De là, il apercevait les toits de tuiles et d'ardoises entremêlés, la tour de l'Horloge, la silhouette gothique de la collégiale, et plus loin encore, les brumes qui s'accrochaient aux coteaux boisés.

Bar-le-Duc, ville frontière, était à la croisée des mondes. Coincée entre la France et l'Empire, la Meuse y coulait lente et froide, comme les ambitions politiques de ses ducs : Antoine, le farouche catholique, puis Charles III, son fils, homme cultivé mais méfiant. On disait que la région fourmillait d'espions, de prédicateurs itinérants, de réformés en fuite et de moines en quête d'épuration.

Dans un carnet qu'il tenait au fil de son voyage, Montaigne nota cette simple phrase :

« Ville belle et montueuse, rude en hiver, profonde en discours, craintive dans la foi. »

Avant de s'endormir, il pensa au Transi. À cette main de pierre, vidée de son cœur. À la citation de Sénèque. Un avertissement, peut-être ? Un cri ? Une provocation ? Ou l'œuvre d'un esprit trop lucide pour ce monde ?

Il n'avait pas encore les réponses. Mais il pressentait que cette ville n'allait pas lui offrir qu'un repos de voyageur.

Elle allait, peut-être, le forcer à penser un peu plus loin que ses Essais ne l'avaient prévu.

Chapitre 3 – Un élève trop curieux

Le lendemain de l'arrivée de Michel de Montaigne, l'aube se leva sur une Ville Haute engourdie par le froid, le givre dessinant des dentelles translucides sur les vitres des maisons et les balustres de pierre du collège Gilles de Trèves. Les premières cloches de la collégiale Saint-Étienne sonnèrent laudes, résonnant sur les toits endormis et les cheminées fumantes. Bar-le-Duc s'éveillait lentement, sans savoir encore que cette matinée verrait une autre secousse ébranler ses fondations.

Il était à peine six heures lorsqu'un frère convers, chargé d'allumer les feux dans les salles de classe, poussa la lourde porte donnant sur la petite cour intérieure du collège. Le froid lui mordait les doigts malgré ses gants de laine grossière. Il avançait d'un pas lourd, balayant du regard les dalles givrées et les bancs vides, lorsque son œil accrocha une forme sombre, affaissée près du bassin central.

Il s'approcha. Et vit un corps.

Allongé sur le côté, le manteau d'écolier relevé par la brise matinale, un adolescent gisait là, les yeux clos, le visage serein. Entre ses doigts raidis, une rose noire fanée.

Le tumulte ne tarda pas à gagner les couloirs du collège. Les cloches ne sonnèrent plus l'étude, mais le glas. Les maîtres fermaient les portes, les élèves étaient retenus dans leurs cellules ou leurs salles de lecture. Le recteur, Gilles de Trèves, se rendit aussitôt sur les lieux. Il s'agenouilla devant le corps, blêmi, et en retira délicatement le nom de l'enfant.

— Louis de Brienne, murmura-t-il.

Un nom bien connu. Louis était fils d'un conseiller ducal, élève modèle du collège, érudit en latin et en philosophie, âgé d'à peine dix-sept ans. Il était ce que Gilles appelait souvent « un esprit éveillé, peut-être un peu trop ».

La rose noire — un symbole inhabituel, étrange pour la saison — troubla profondément les maîtres. On fouilla les alentours. Rien d'autre qu'un carnet, tombé à quelques pas, dans lequel l'élève avait recopié des citations de Sénèque, Montaigne, et une ligne isolée, écrite dans une main nerveuse :

"La vérité ne se cache pas, elle est étouffée."

La rumeur courut à travers la ville comme la brume dans les ruelles.

— Un suicide ? Un crime ? Une punition divine ?

Certains murmuraient que Louis de Brienne fréquentait les cercles hétérodoxes. Qu'il avait été vu en conversation discrète avec des étudiants plus âgés, proches d'un ancien élève nommé Étienne Valart, soupçonné d'avoir fui à Metz pour rejoindre un groupe de protestants lettrés.

Un vigneron affirma qu'il avait vu Louis, deux jours auparavant, en train de noter quelque chose à l'ombre du Transi mutilé dans la collégiale. Un autre prétendait l'avoir entendu parler en latin dans une taverne du quartier de la Fontaine-aux-Rats avec un homme au manteau italien.

Les autorités, prudentes, refusèrent de parler de meurtre. Officiellement, l'élève s'était égaré dans la nuit, saisi par un malaise ou une faiblesse. Mais ni le collège, ni Gilles de Trèves, ni Montaigne, n'y crurent.

Ce dernier, toujours logé dans l'aile des maîtres, fut informé par Gilles dès la fin de la matinée. Le chanoine, encore sous le choc, s'était rendu dans son bureau avec lui, où les fenêtres donnaient sur le jardin d'hiver et les toits de la ville.

— Il était… trop curieux, soupira Gilles. Il posait des questions que les autres n'osaient pas formuler.

— Vous pensez qu'il a été puni pour cela ? répondit Montaigne.

Le chanoine hésita. Il alla chercher un mince volume relié de cuir, puis le tendit au philosophe.

— Ceci lui appartenait. Une copie partielle des *Essais*, manuscrite. Il y avait ajouté des annotations dans la marge, en grec, en hébreu parfois. Et regardez cette page…

Montaigne feuilleta doucement. Puis s'arrêta. Sur une page consacrée à la question de la mort volontaire, Louis avait tracé :

"Vivre, c'est oser regarder la mort, et rire d'elle. Mais encore faut-il vivre avant d'y penser."

Gilles reprit :

— Et pourtant, ce garçon aimait la vie. Il ne semblait pas hanté, ni mélancolique. Il était… animé. Et cette rose noire…

— Vous dites qu'il l'avait dans la main ? En plein hiver ?

— Oui.

Montaigne se leva et marcha lentement vers la fenêtre.

— Cela ressemble davantage à un message qu'à un geste désespéré. Et dans une ville comme la vôtre, au bord de la guerre civile, les messages deviennent des armes.

Dans les jours qui suivirent, le deuil fut proclamé au collège. Les cours furent suspendus. On célébra une messe funèbre à la collégiale Saint-Étienne, dans un silence lourd, interrompu seulement par la voix grave du doyen chantant les versets du Dies Irae.

Mais parmi les élèves, les maîtres, les habitants, un doute restait vivace.

Pourquoi Louis est-il mort ? Que savait-il ? Qu'avait-il vu ?

Et pourquoi, dans les heures qui suivirent sa mort, avait-on aperçu une silhouette encapuchonnée monter par l'escalier du château ducal, tandis que les gardes détournaient le regard ?

Le soir du troisième jour, alors que la ville s'endormait sous un ciel plombé, Michel de Montaigne écrivait à la lueur d'une chandelle :

« L'ombre de la vérité se cache dans les cendres des hommes brûlés pour l'avoir cherchée. »

Il ignorait encore que la prochaine cendre tomberait bien plus près de lui.

Chapitre 4 – L'enquêteur philosophe

Le froid de cette fin novembre alourdissait les pierres de la ville haute. Un vent d'est balayait les ruelles de Bar-le-Duc, faisait claquer les volets sculptés des demeures Renaissance et gémir les girouettes aux pointes des beffrois. Les rues pavées résonnaient du passage discret de quelques cavaliers en livrée aux armoiries ducale : un croissant d'argent sur fond d'azur, flanqué de la croix de Lorraine.

Dans les hauteurs du château ducal, résidence de Charles III de Lorraine, la lumière ne s'éteignait plus. Le jeune duc, à peine trentenaire mais déjà réputé fin stratège et fervent catholique, y avait convoqué Michel de Montaigne en toute discrétion. La veille encore, Montaigne croyait que son séjour en Lorraine se résumerait à quelques échanges savants au collège et un passage contemplatif en route vers l'Italie. Il se trompait.

Le grand salon du château, orné de tapisseries flamandes représentant la légende de saint Hubert, était plongé dans une lumière dorée. Un feu vif crépitait dans la cheminée où un sanglier rôti cuisait à la broche, embaumant l'air d'épices. À l'autre bout de la salle, Charles III de Lorraine se tenait debout, mains croisées derrière le dos. Il observait le philosophe avec une gravité mêlée de curiosité.

— Monsieur de Montaigne, dit-il enfin, je ne vous convoque pas ici comme écrivain, ni comme gentilhomme. Je vous parle en homme d'État à homme de raison.

Montaigne inclina la tête, les mains dans les plis de sa robe de voyage.

— J'écoute, Monseigneur.

— Ce qui s'est passé au collège Gilles de Trèves n'est pas un fait isolé. Depuis plusieurs mois, des signes m'inquiètent : pamphlets hérétiques, jeunes gens disparus, symboles ésotériques laissés à la vue de tous… Et ce Transi, profané ! Voilà une œuvre que mon père admirait au point de vouloir la faire reproduire pour notre crypte familiale. Un affront au cœur même de nos valeurs.

Il s'interrompit, puis ajouta :

— Mais je ne peux pas mêler la justice ducale à une affaire qui semble intérieure à l'Église et à l'enseignement. J'ai besoin d'un regard extérieur, libre, sans allégeance.

Montaigne comprit. Le duc cherchait un homme au-dessus des partis, qui ne soit ni théologien, ni magistrat, ni soldat. Un esprit curieux et discret.

— Je puis tenter de comprendre, Monseigneur. Mais seul, je serai aveugle.

Charles III hocha la tête.

— C'est pourquoi vous serez assisté. Voici Jehan de Morville, précepteur au collège, helléniste, dessinateur, et observateur attentif.

Un jeune homme entra, d'une vingtaine d'années, au regard perçant et au port modeste. Vêtu d'un manteau court brodé de motifs grecs, il salua respectueusement Montaigne.

— Monsieur, j'ai lu vos *Essais* en marge de mes annotations d'Aristote, dit-il avec un sourire timide. J'espère que vous me pardonnerez si je les ai parfois contredits.

— Un lecteur critique est plus aimable que mille flatteurs, répondit Montaigne. Vous êtes donc l'homme qu'il me faut.

Les deux enquêteurs se retrouvèrent dans les jours suivants à explorer le collège Gilles de Trèves avec une attention nouvelle. Jehan connaissait chaque recoin : les cloîtres silencieux, la bibliothèque où les volumes étaient enchaînés aux pupitres, les escaliers dissimulés derrière les armoires d'archives. Il connaissait aussi les élèves, les rumeurs, les confessions murmurées dans les couloirs.

Leur premier indice tangible apparut dans la salle des humanités. Dans un manuscrit de Sénèque, dissimulé entre deux feuillets d'une traduction latine des *Lettres à Lucilius*, Montaigne trouva une page glissée à la hâte, portant une écriture différente :

"La vérité gît entre les morts, sous la pierre. Suivez le cœur perdu."

Jehan blêmit en lisant la note.

— Cela… Cela fait écho au Transi de Ligier Richier, monsieur. Le cœur arraché… remplacé par une bourse.

— Et ce lieu "sous la pierre" pourrait être la nécropole des seigneurs, dans la crypte de Saint-Étienne, ou l'ancien ossuaire du cimetière Saint-Antoine.

Jehan acquiesça. Il connaissait les lieux. En tant qu'artiste, il avait déjà visité les sépultures pour dessiner des détails de bas-reliefs. Ils décidèrent de s'y rendre de nuit.

Dans la nuit du 28 novembre, ils descendirent vers la Ville Basse, au-delà du pont Notre-Dame. Là, derrière la façade encore debout de l'ancienne chapelle Saint-Antoine, se trouvait un terrain vague, mangé de ronces et d'herbes gelées. C'était là qu'on avait enterré, pendant des siècles, les pestiférés, les anonymes, les enfants.

Guidés par la lanterne de Jehan, ils explorèrent les décombres de l'ossuaire en ruine. Des pierres gravées de symboles, des crânes moussus, et sous un linteau effondré, une dalle portant un signe étrange : un cœur percé d'un glaive, accompagné de trois lettres superposées : *R.F.A.*

— Ce symbole… murmura Jehan. Je l'ai vu dans un traité hérétique confisqué au collège l'année dernière. Il est associé à un cercle humaniste ésotérique, apparu à Lyon puis à Strasbourg : la Rose Fulgurante d'Apollon.

Montaigne leva un sourcil.

— Un cercle d'étudiants ?

— Et de maîtres. Des philosophes clandestins qui se réunissent hors du contrôle de l'Église. Ils mélangent néoplatonisme, stoïcisme, mystique hébraïque… Certains disent qu'ils préparent une réforme du savoir. D'autres, qu'ils veulent détruire toute foi.

— Et Louis de Brienne les avait peut-être découverts ?

Jehan hocha la tête. Le jeune élève avait osé poser les mauvaises questions aux mauvaises personnes.

De retour au collège, Montaigne écrivit dans son carnet :

“Il est plus dangereux de chercher la sagesse que de courir la guerre. L'un vous arme, l'autre vous dénude.”

Mais il savait que cette enquête ne faisait que commencer. Car sous la surface calme du duché, une guerre des idées faisait rage. Et le prochain cadavre, il le sentait, ne porterait plus une rose noire.

Il porterait un masque.

Chapitre 5 – Le cercle des *Discipuli*

Le vent avait tourné. Il soufflait désormais de l'ouest, charriant un air âpre venu des plaines champenoises, et la ville de Bar-le-Duc, drapée dans le silence de l'hiver, semblait retenir son souffle.

Depuis la découverte de l'énigmatique dalle marquée du symbole de la Rose Fulgurante d'Apollon, Montaigne et Jehan de Morville poursuivaient leur enquête avec une prudence accrue. Quelque chose de plus vaste que la mort de Louis de Brienne prenait forme : un réseau, peut-être, un courant souterrain d'idées, de mots, de symboles… Un cercle.

C'est Jehan qui fit la découverte décisive.

Un matin, alors qu'il consultait un vieux registre de bibliothécaire dans la salle des maîtres du collège Gilles de Trèves — un registre contenant la liste des livres consultés ou empruntés par les étudiants — il remarqua un motif étrange : un groupe récurrent de six noms, tous inscrits le même jour, toujours pour des ouvrages spécifiques : Érasme, Pic de la Mirandole, Lefèvre d'Étaples, Platon, Marsile Ficin, et… un manuscrit anonyme, noté seulement comme *Symbolum Ignis*.

Jehan reconnut aussitôt deux noms : Louis de Brienne, bien sûr, mais aussi Claude Vaultrin, un étudiant discret, passionné d'architecture, dont on disait qu'il passait ses nuits à dessiner les colonnes du château ducal et les portails de l'église Saint-Étienne.

Plus frappant encore : les six étudiants apparaissaient tous, un mois auparavant, dans la liste des volontaires ayant travaillé à la restauration de l'ancien cellier sous la salle des sciences naturelles, une crypte maçonnée datant du Moyen Âge, oubliée de presque tous.

Jehan frappa à la porte de Montaigne, carnet en main.

— Le cercle existe, dit-il à voix basse. Ils se font appeler les *Discipuli*.

— Les Discipuli ? répéta Montaigne. "Les élèves".
C'est modeste.

— Mais l'humilité est le masque de toutes les sociétés
secrètes.

Le soir même, ils descendirent dans les caves du
collège. Le concierge, un vieil homme bourru nommé
Thierry, fermait les yeux depuis des années sur
certaines activités nocturnes — les querelles d'élèves,
les escapades vers la taverne de la rue des Ducs — mais
il leur indiqua tout de même la trappe menant au
cellier abandonné.

À la lumière des torches, ils découvrirent un espace
souterrain voûté, creusé dans le calcaire, dont les murs
portaient encore des fresques à demi effacées : anges à
la main levée, roues ailées, et au centre, un médaillon
gravé dans la pierre, représentant un œil au-dessus
d'une flamme. Autour : une table circulaire et six
sièges de pierre, disposés à la manière des confréries
antiques.

— Il s'agissait bien d'un lieu de réunion, murmura
Montaigne.

Sur la table, ils trouvèrent des fragments de parchemins brûlés, un compas, une rose séchée, et un petit livre relié de cuir noir, à demi rongé par l'humidité. Le titre, à peine lisible, était : *Disciplina Arcana*.

Jehan lut à voix haute :

"Réunis sous le feu de la pensée, les Discipuli n'adorent ni idole, ni dogme. Ils cherchent l'étincelle du Verbe dans l'ombre du silence. Chaque nuit, un mot. Chaque nuit, un signe."

En poursuivant leur exploration, Jehan mit la main sur un second carnet, mieux conservé, caché dans une fissure du mur derrière la fresque de l'œil. Il s'agissait d'un journal tenu par Louis de Brienne lui-même. Les dernières pages, griffonnées avec précipitation, évoquaient une révélation :

"J'ai compris ce que cache le Transi. Ce n'est pas un avertissement, mais une clef. Le cœur n'est pas volé : il est déplacé. Celui qui l'a pris n'est pas un profanateur. Il est un messager. Le cercle est menacé. Je dois parler à Claude. Mais ils m'écoutent."

Montaigne posa la main sur l'épaule de Jehan.

— Il savait. Et il allait parler.

Jehan acquiesça, les yeux humides.

— Et quelqu'un a voulu l'en empêcher.

Le lendemain, Claude Vaultrin fut convoqué. Montaigne, usant de l'autorité que lui conférait son lien avec le duc Charles III, demanda à l'interroger dans l'oratoire privé de la bibliothèque du collège.

Claude, tremblant, finit par avouer ce qu'il savait.

— Nous étions six, dit-il. Nous ne faisions pas de mal. Nous voulions seulement réfléchir… hors des cadres imposés. Nous lisions des textes interdits, oui, mais toujours dans l'esprit d'étude. Louis… Louis est allé plus loin. Il disait que le Transi cachait quelque chose. Que Ligier Richier avait glissé un message dans la sculpture, un secret ancien. Il croyait que cela venait des bâtisseurs du XIIe siècle. Des templiers, peut-être…

Montaigne fronça les sourcils.

— Et vous, y croyiez-vous ?

— Non. Mais lui, oui. Et quelqu'un a voulu le faire taire.

Il ajouta, plus bas :

— Le dernier soir, il m'a parlé d'un nom. Un homme qu'il pensait être notre protecteur… mais qui l'espionnait. Un nom latin : Tullius.

Le nom résonna comme un coup de tonnerre dans l'esprit de Montaigne. Ce pseudonyme avait déjà été utilisé par un pamphlétaire dénonçant les abus de l'Église dans les années 1570. Et dans le carnet de Louis, un passage faisait référence à une rencontre étrange :

"J'ai vu Tullius dans l'ombre du jubé. Il m'a souri. Il sait que je sais."

Bar-le-Duc, sous ses apparences de petite capitale tranquille du duché, était un miroir. En surface : les cloches, la piété, l'étude. Mais dessous : la fermentation des idées, la peur, les masques.

Les *Discipuli* n'étaient pas des traîtres. Ils étaient les enfants d'une époque en rupture.

Et Montaigne savait que la vérité ne s'arrêterait pas là. Car si Louis de Brienne avait été tué pour ce qu'il savait, le prochain meurtre viserait ceux qui savaient qu'il savait.

Et il était déjà trop tard pour reculer.

Chapitre 6 – Richier, le dernier sculpteur

Il avait fallu plusieurs jours à Montaigne et Jehan de Morville pour retrouver la trace du vieil artiste. Ligier Richier, jadis maître incontesté du ciseau et du calcaire, vivait désormais à l'écart du monde, dans une modeste maison en bordure de la rue des Ducs, sur les hauteurs de la ville, là où la vieille ville de Bar-le-Duc ouvrait ses fenêtres sur la vallée tranquille de l'Ornain.

La porte de sa demeure était close depuis des mois, disaient les voisins, mais parfois, à l'aube, on l'apercevait assis derrière sa fenêtre, à sculpter un morceau de bois ou à fixer longuement un crucifix suspendu au mur.

Jehan frappa. Une fois. Deux fois. Un long silence. Puis un bruit léger, comme un soupir d'outre-tombe, et la porte s'ouvrit.

— C'est vous… le Gascon ? dit une voix rauque.

Montaigne s'inclina.

— Michel de Montaigne, en effet. Et voici mon compagnon, Jehan de Morville.

Le vieil homme les toisa. Il avait près de soixante-dix ans, un âge vénérable en cette fin de XVIe siècle. Le visage creusé, des mains noueuses et tachées de blanc — comme si le marbre avait pénétré jusque dans sa peau.

— Vous venez pour le Transi, n'est-ce pas ?

Ils pénétrèrent dans une pièce froide, encombrée d'ébauches, de pierres brutes, de visages figés dans des cris silencieux. Des Christs martyrisés, des saintes aux yeux bandés, des têtes coupées… Un autel improvisé trônait dans un coin, orné de cierges à moitié consumés. L'air sentait la cire et la poussière.

Richier désigna un banc.

— On ne vient me voir que pour deux choses, à présent. Pour me faire dire que je suis un hérétique, ou pour me supplier d'expliquer mon œuvre. Vous, c'est la seconde.

Montaigne ne le nia pas.

— Le Transi a été profané. Le cœur a disparu. Mais dans son creux, une bourse. Et une citation de Sénèque.

— *"Cor nostrum in tenebris ardet"*, murmura Richier. Il ferma les yeux. *"Notre cœur brûle dans les ténèbres."*

Jehan sursauta. C'était le même aphorisme gravé dans l'un des textes retrouvés chez les *Discipuli*.

— C'est vous qui l'avez inscrite ? demanda-t-il.

Richier sourit sans joie.

— Le Transi… n'a pas tout dit. Il a seulement montré ce que les vivants refusent de voir. Mais il cache aussi.

Il cache un secret que j'ai voulu enfermer dans la pierre. Un avertissement.

Il s'approcha d'un coffre. L'ouvrit. En sortit une petite sculpture de bois, à demi rongée : une miniature du Transi, à l'échelle d'une paume. Et là, visible seulement en l'observant à la lumière rasante du jour : un cœur creux, dans lequel on pouvait glisser un objet.

— Dans la version grandeur, à Saint-Étienne, j'ai laissé un espace, une cavité. Un cœur dans le cœur. J'y ai scellé… un manuscrit.

Montaigne se pencha.

— Quel genre de manuscrit ?

Richier hésita.

— Une confession. Une révélation. Je n'étais pas seul. À l'époque, j'étais en relation avec des penseurs venus de Suisse, d'Allemagne… Des réformateurs, des iconographes mystiques. J'ai voulu résister à ma manière. Pas avec l'épée. Avec la pierre.

Il leva la main. Elle tremblait.

— Ils m'ont laissé faire. Tant que je donnais l'illusion d'un art religieux. Mais j'ai glissé dans mes œuvres des symboles : dans les plis des vêtements, dans les cœurs ouverts, dans les regards. Des clefs. Pour ceux qui sauraient lire.

Jehan s'approcha de l'établi. Un dessin y reposait : le Transi, mais autour de lui, un cercle de chiffres, de lettres, de motifs alchimiques.

— Ce cœur, dit-il, les *Discipuli* le cherchaient.

— Je sais, répondit Richier. Le jeune Louis m'a écrit. Il disait avoir compris. Je l'ai averti. Mais je n'étais plus le sculpteur. J'étais le vieux fou que plus personne n'écoute.

Ils restèrent encore une heure, à parler de symbolique, de platonisme, des cercles humanistes qui avaient parcouru la Lorraine au temps d'Antoine le Bon, père de Charles III. Richier évoqua ses années à Saint-Mihiel, sa formation en Champagne, son admiration pour l'art flamand, mais aussi ses liens secrets avec des penseurs de Metz, alors en contact étroit avec les protestants de Strasbourg.

— Le duché est un équilibre fragile, dit-il. Charles III est catholique, mais il veut la paix. Il m'a protégé, autrefois, même si ses conseillers me suspectaient. Aujourd'hui, je suis oublié, et mon art est figé dans le silence.

— Mais pas vos secrets, dit Montaigne.

Richier leva les yeux. Et pour la première fois, il sourit.

— Peut-être est-ce ce qu'il fallait. Que d'autres les trouvent, plus jeunes, plus brûlants.

En quittant la maison du vieux sculpteur, Jehan marchait en silence. Le soir tombait sur Bar-le-Duc, et la collégiale Saint-Étienne dressait sa façade flamboyante comme une sentinelle de pierre.

— Ce cœur dans le Transi… Il existe vraiment, murmura-t-il.

— Et maintenant, quelqu'un le cherche, répondit Montaigne. Peut-être l'a-t-il déjà trouvé.

Il s'arrêta.

— La prochaine étape est claire. Il faut ouvrir le Transi.

— Mais cela reviendrait à profaner à nouveau l'œuvre !

— Non, dit Montaigne. Cela reviendrait à lire la page qu'un homme a gravée dans la pierre pour l'avenir.

Il leva les yeux vers la collégiale, que la lune argentait de lumière froide.

— Et l'avenir, Jehan, c'est nous qui y entrons, à présent. Qu'on le veuille ou non.

Chapitre 7 – Les lettres mortes

L'encre avait pâli, mais la pensée, elle, brûlait encore.

Ce matin-là, dans la salle d'étude du collège Gilles de Trèves, Jehan de Morville tournait les pages du dernier livre ayant appartenu à Louis de Brienne. Relié de cuir tanné, orné d'un fermoir en laiton, il portait un titre latin presque effacé : *Ethica Stoica*.

Ce n'était pas un ouvrage rare en soi. À la Renaissance, la pensée stoïcienne avait connu un renouveau spectaculaire, grâce à des humanistes comme Juste Lipse. Mais ce livre-ci, annoté de la main du jeune élève, révélait une autre lecture. Une lecture clandestine.

— Regardez ceci, dit Jehan à Montaigne, penché derrière lui.

Il désigna une ligne griffonnée dans la marge :

"Cor nostrum in tenebris ardet — voir Seneca, ligne 27, mais aussi folio 47 inversé. Voir le double chiffre."

Un code. Et un fil. L'expression latine retrouvée dans le Transi — « notre cœur brûle dans les ténèbres » — revenait ici comme une clé d'entrée. En feuilletant plus loin, ils découvrirent, au folio 47, non un texte, mais un emblème tracé à l'encre violette : une rose noire posée sur un livre ouvert, et en bas, deux lettres : T.A.

— Tullius Alchemicus, murmura Montaigne. Un pseudonyme utilisé à la fin du XVe siècle par un moine lorrain, auteur d'un traité d'alchimie hérétique. Il aurait été conservé dans la bibliothèque du château.

— Mais cette bibliothèque est fermée, dit Jehan. Seuls les conseillers du duc y accèdent.

Montaigne esquissa un sourire.

— Sauf les voyageurs humanistes, munis de lettres de recommandation.

Le château ducal de Bar-le-Duc s'élevait sur la colline, dominant la ville comme une forteresse savante. Sa façade mi-gothique, mi-Renaissance, trahissait l'ambition des ducs de Lorraine de rivaliser avec les Valois : Antoine le Bon y avait fait construire une aile entière dédiée aux arts et aux lettres ; René II, victorieux à Nancy, y avait accueilli des artistes italiens ; et Charles III, le duc régnant, y faisait entretenir une bibliothèque humaniste, ouverte aux savants triés sur le volet.

Dans la grande salle lambrissée aux hautes fenêtres, des rayonnages couvraient les murs, contenant des volumes en latin, grec, hébreu, et même en syriaque. Des globes, des astrolabes, des bustes en terre cuite des anciens philosophes peuplaient les alcôves.

Le bibliothécaire, un homme sec nommé Maître Geoffroi, reconnut Montaigne avec une révérence étudiée.

— Je vous croyais à Rome, messire.

— J'ai été retenu par le charme de votre bibliothèque, répondit Montaigne avec courtoisie. Nous cherchons un ouvrage rare, sans doute classé parmi les traités ésotériques.

— Hum. Un titre ?

— *Tullius Alchemicus. De Igne Interiori.*

Le vieil homme pâlit.

— Ce livre est… particulier. Conservé dans la salle des fermés. Une pièce scellée depuis vingt ans.

— Par ordre de qui ?

— Du cardinal de Lorraine lui-même. Mais… si c'est vous qui le demandez…

Le manuscrit était là, dans un coffret de bois noirci, couvert d'un tissu de lin. Sur la tranche, un cercle brûlé entourait une lettre grecque : Φ.

Jehan l'ouvrit avec soin.

Le texte, en latin hermétique, alternait formules, figures géométriques et paragraphes poétiques. Mais ce fut une page au centre du volume qui les arrêta tous deux.

Elle représentait une silhouette humaine — une sorte de double du Transi — dont les organes étaient remplacés par des symboles alchimiques : le foie par le plomb, le cœur par une pierre rouge, les poumons par deux flacons croisés. Et sous la gravure, un vers :

"Quand la pierre parle au feu, le cœur devient lumière."

— Ceci, dit Montaigne, n'est pas une métaphore. C'est une carte.

Un folio glissé entre les pages tomba au sol. Il était écrit de la main de Louis :

"J'ai trouvé le manuscrit. Il est là, scellé sous les mots. Le Transi n'est que la moitié. Le feu est l'autre."

Montaigne relut à voix haute, pensif :

— "Le feu est l'autre…" Le feu… l'épreuve, l'alchimie, la transformation. Peut-être ne s'agit-il pas seulement du cœur sculpté, mais d'un second objet ?

Jehan pointa une annotation.

— Cette figure. On dirait une carte de la ville. Mais inversée.

En superposant le dessin sur un plan ancien de Bar-le-Duc — conservé dans la même bibliothèque — ils virent que les repères formaient un triangle : la collégiale Saint-Étienne, le collège Gilles de Trèves… et une troisième extrémité : la crypte du château.

Cette crypte, disait-on, remontait au XIe siècle, vestige d'une chapelle bénédictine primitive construite par le comte Frédéric Ier. Elle servait aujourd'hui d'ossuaire, mais certains disaient qu'une salle plus ancienne, plus profonde, avait été murée au temps des premières réformes.

— Et si c'était là que se trouvait la "pierre rouge" ? dit Jehan.

— Ou ce qui en tient lieu, répondit Montaigne. Le manuscrit évoque la lumière intérieure, le cœur ardent… Peut-être un artefact. Peut-être un document.

— Ou un nom, murmura Jehan.

— Un nom ?

— Celui de celui qui a tout orchestré.

Montaigne resta silencieux un instant.

— Tullius.

Le mystère s'épaississait. Chaque livre, chaque annotation, chaque sculpture formaient les pièces d'un tableau plus vaste. Une œuvre cachée dans l'œuvre, une vérité scellée par un sculpteur vieillissant, un cercle d'étudiants idéalistes… et un esprit manipulateur, dissimulé derrière le masque d'un philosophe ou d'un prêtre.

Les lettres mortes de Louis venaient de parler.

Et ce qu'elles annonçaient, c'était une vérité incandescente que Bar-le-Duc n'était peut-être pas prête à entendre.

Chapitre 8 – Tensions religieuses

Les cloches de la collégiale Saint-Étienne sonnèrent l'office des vêpres alors que la ville de Bar-le-Duc retenait son souffle. L'écho du bronze s'égrenait dans les ruelles pavées comme une prière lancée au vent — ou une alarme discrète. Car quelque chose de lourd, d'orageux, planait au-dessus des toits de tuiles grises.

Le matin même, un groupe de frères franciscains, venus du couvent de l'Annonciade situé dans le quartier Saint-Antoine, avait pris la parole sur le parvis de l'église. Le prieur, Frère Rémy de Vaucouleurs, s'était dressé devant la foule assemblée, la voix rugueuse d'indignation :

— *"La main qui a souillé le Transi n'est pas celle d'un homme pieux, mais celle d'un hérétique ! Et ces jeunes gens du collège, remplis d'orgueil, lisent des livres interdits, étudient Luther en secret, et pervertissent l'âme de nos enfants !"*

Des murmures, des exclamations, des regards fuyants. Le nom de Calvin avait été murmuré. Celui de Luther avait été craché. En Lorraine, terre aux confins de la France et du Saint-Empire, les guerres de Religion n'avaient pas encore éclaté dans leur pleine fureur, mais le feu couvait sous les cendres.

Au collège Gilles de Trèves, la tension était palpable.

L'établissement, fondé en 1573 par Gilles de Trèves, chanoine et humaniste convaincu, avait été conçu comme un havre de savoir et de paix. Le bâtiment, adossé à la ville haute, à deux pas du château ducal, offrait une cour rectangulaire paisible, bordée d'arcades en plein cintre, et des salles claires éclairées par des fenêtres à meneaux.

Mais aujourd'hui, le silence studieux s'était mué en bruissement d'inquiétude.

— Le duc menace, dit à voix basse le recteur en s'adressant à Jehan. Il parle de suspendre les cours. Il prétend que notre enseignement favorise les "idées nouvelles".

— Et n'est-ce pas vrai ? répondit Jehan.

Le recteur sourit tristement.

— Nous enseignons Érasme, Cicéron, Plutarque. Nous traduisons le grec et le latin. Est-ce donc un crime ?

— Pour certains, oui, murmura Montaigne, qui venait d'arriver. Car penser librement est une hérésie plus grave encore que prier autrement.

Dans la ville basse, des échauffourées éclatèrent dans l'après-midi. Au marché des Graviers, un artisan protestant fut molesté par des fidèles exaltés, qui l'accusèrent d'avoir blasphémé la Vierge. Plus tard, un groupe d'étudiants fut poursuivi dans les ruelles de la rue Bar-la-Ville, l'un d'eux blessé à la tête par un pavé lancé.

Les autorités hésitaient. Le duc Charles III de Lorraine, homme prudent et catholique modéré, avait jusqu'alors œuvré pour la coexistence pacifique. Il s'était opposé aux extrémistes de la Ligue, préférant maintenir l'unité du duché. Mais face aux rumeurs qui enflammaient Bar-le-Duc, il fit convoquer une audience exceptionnelle.

Ce soir-là, dans la salle des audiences du château ducal, le duc fit lire un édit.

— Le collège Gilles de Trèves sera fermé pour une durée indéterminée. L'on y mènera une enquête sur les enseignements transmis et les livres conservés. Tout étudiant en possession d'ouvrages réformés sera remis à la garde de l'évêché.

Un silence glacé tomba dans l'assistance.

Montaigne fronça les sourcils.

— Et vous croyez cela apaisera la ville ? demanda-t-il au duc, en privé.

— Je crois que cela évitera un bain de sang, répondit Charles III. Et je crois que vous feriez bien de clore votre enquête rapidement. Car bientôt, ni vous ni personne ne sera en sécurité ici.

La nuit tombée, Jehan retourna au collège. Dans la bibliothèque, désormais sous scellés, il retrouva une pile de manuscrits sauvée in extremis par un jeune intendant. Parmi eux, un livret relié de parchemin rouge : une copie d'un sermon de Jean Calvin, traduite en latin. En marge, une note de Louis de Brienne :

"La foi seule ne suffit pas, disait Richier. Il faut comprendre. Il faut voir."

Une deuxième note, en écriture plus nerveuse, griffonnée au revers de la dernière page :

"La rose noire n'est pas un symbole de mort. C'est une clef. Et la clef ouvre la crypte."

Jehan ferma les yeux. Chaque événement précipitait le suivant.

La tension religieuse. Le meurtre de Louis. Le Transi mutilé. Le traité alchimique. Le triangle formé par les lieux.

Et maintenant, le collège fermé. Les élèves dispersés. Les livres confisqués.

Mais la crypte, elle, attendait encore.

— Il faut agir vite, dit Montaigne, de retour dans leur logis. Avant que le feu ne dévore toute raison.

— Demain, à l'aube, répondit Jehan. Nous entrerons dans la crypte.

Montaigne hocha la tête, le regard sombre.

— Alors prions que le secret qu'elle contient vaille le prix du tumulte qu'il provoque.

Car déjà, dans la ville endormie, des silhouettes se glissaient dans les ruelles. Moines en colère, étudiants dispersés, prédicateurs exaltés, et soldats nerveux.

Bar-le-Duc, perle renaissante de Lorraine, glissait lentement vers le gouffre.

Chapitre 9 – Le tombeau et le labyrinthe

Le jour naissait à peine sur Bar-le-Duc, teignant de rose les toits gris de la ville haute. Dans les ruelles désertes, le pas rapide de Jehan de Morville résonnait entre les murs endormis. Montaigne le suivait, enveloppé dans une cape sombre, le chapeau tiré bas sur le front.

Ils portaient chacun une lanterne, et une clef ancienne, découverte dans un coffret dissimulé derrière l'autel secondaire de la collégiale Saint-Étienne. Cette clef, en fer forgé, portait l'inscription gravée en latin : *Initium Sapientiae Timor*, "Le commencement de la sagesse est la crainte".

— La crainte de quoi ? murmura Jehan.

— De ce que l'on ne peut plus ignorer, répondit Montaigne.

Leur but n'était pas la crypte officielle de la collégiale, connue et visitée par les chanoines, mais un passage plus ancien, dissimulé derrière une plaque murale de la sacristie. Une rosace sculptée dans la pierre, que Jehan avait identifiée sur un croquis issu du manuscrit de Tullius Alchemicus.

— Ce motif, dit-il en effleurant la rosace, se retrouve dans les marges des œuvres de Pic de la Mirandole. C'est un symbole humaniste, mais aussi une clef philosophique.

Il pressa sur une pierre en retrait.

Un grincement sourd répondit. Un pan de mur glissa lentement de côté, révélant une ouverture sombre. L'odeur qui en sortit était faite d'humidité, de poussière, et d'oubli.

Les escaliers, taillés dans le roc, descendaient en colimaçon dans les entrailles de la colline. Ils passèrent sous la fondation même du château ducal, dans une zone que les plans les plus anciens appelaient la

Crypte Frédéricienne, du nom de Frédéric Ier de Bar, comte du XIe siècle qui avait fondé ici une chapelle primitive.

Mais la structure qu'ils découvrirent dépassait tout ce qu'ils avaient imaginé.

Sous leurs pieds s'étendait une vaste salle voûtée, soutenue par des colonnes romanes massives, ornées de chapiteaux sculptés. L'enduit des murs était peint de fresques effacées, où l'on distinguait encore des figures allégoriques : Sophia, la sagesse ailée ; Philosophia, tenant un miroir et un compas ; un ange aveugle menant un enfant.

Au centre de la salle, un autel brisé.

Et derrière lui… un labyrinthe de pierre.

— Un culte humaniste, dit Montaigne à voix basse. C'est cela que Louis cherchait.

— Mais un culte sans dieu, ajouta Jehan. Ou du moins, un dieu sans visage. Ces figures sont celles de l'esprit, pas de la foi.

Il montra une frise gravée :

"Ad Veritatem Per Labyrinthis" — *"Vers la vérité par les labyrinthes"*.

Ils pénétrèrent dans le dédale. Le tracé en spirale rappelait les anciens motifs monastiques, mais aussi les symboles de la Kabbale chrétienne, étudiée à l'époque par Reuchlin et Agrippa de Nettesheim, célèbre occultiste lorrain. L'ordre des couloirs obéissait à une logique mathématique, inspirée du Nombre d'or.

À chaque embranchement, une énigme était gravée :

"Que voit l'aveugle que le voyant ignore ?"

"Quel feu ne brûle pas, mais consume ?"

Ils avançaient en silence, guidés par la lumière tremblante de leurs lanternes, et par la voix intérieure des textes anciens. Au bout d'un temps qu'ils ne surent plus mesurer, ils atteignirent une dernière porte.

C'était un tombeau.

Creusé dans la paroi de la roche, fermé par une dalle scellée, portant cette épitaphe :

"Hic Requiescit Cor Ardentis. Tace."

Ici repose le cœur de l'Ardent. Tais-toi.

Jehan et Montaigne échangèrent un regard.

— Le cœur du Transi ? demanda le jeune homme.

— Ou celui de son créateur, murmura Montaigne.

Ils levèrent la dalle. À l'intérieur, point de corps, mais une boîte de pierre rouge, contenant un manuscrit relié en peau, accompagné d'un médaillon sculpté : une rose noire sur fond d'or.

Ils l'ouvrirent.

À l'intérieur, une série de lettres, toutes adressées à un même destinataire : Gilles de Trèves, le fondateur du collège.

Ces lettres étaient signées par Ligier Richier.

"Ce cœur que j'ai sculpté, je l'ai conçu comme une énigme. Il porte un savoir ancien, que Rome a effacé, mais que nous devons préserver. Le Transi n'est pas un memento mori. Il est une clef pour les vivants. Celui qui lit dans la pierre verra l'âme de l'Homme, et non sa fin."

Et plus loin :

"Toi seul sauras lire les symboles. Le collège n'est pas qu'un lieu d'étude. C'est une arche. Une mémoire pour les temps futurs."

Montaigne referma le manuscrit, le cœur lourd.

— Ce n'était pas un crime, dit-il. C'était un avertissement. Et une transmission.

— Mais quelqu'un a voulu que ce message ne soit jamais lu, répondit Jehan. Quelqu'un qui craignait la lumière qu'il contient.

Le silence retomba.

Au-dessus d'eux, la ville s'agitait sans doute déjà. Le bruit des sabots sur les pavés. Les sermons enflammés. Les menaces du duc. Le vent des guerres de religion.

Mais ici, dans le ventre oublié de Bar-le-Duc, deux hommes venaient de retrouver le cœur caché de la Renaissance.

Et ils savaient désormais que le vrai tombeau… était celui de l'ignorance.

Chapitre 10 – Le manuscrit de la rose

L'aube était grise sur Bar-le-Duc, et la ville, accablée par les tensions religieuses et les récents événements, semblait retenir son souffle. Dans une salle obscure de l'ancien logis du collège, Montaigne et Jehan, à la lueur vacillante de deux bougies, déployaient avec la plus grande précaution le manuscrit retrouvé dans la crypte.

Relié en cuir noirci par le temps, orné d'une rose gravée à l'or fin – la fameuse rose noire, symbole ésotérique utilisé dans certains cercles humanistes – l'ouvrage s'ouvrait sur une page de garde frappée d'une maxime latine :

"Intus lapis est, non foris. Corde quaerendum, non oculis."
« La pierre est à l'intérieur, non à l'extérieur. Elle se cherche par le cœur, non par les yeux. »

Montaigne lut à voix haute, ses doigts caressant la page avec lenteur.

— Ce n'est pas un traité d'alchimie ordinaire. C'est une œuvre de méditation, un texte philosophique. Et surtout… une allégorie.

Jehan pencha la tête. À mesure qu'ils tournaient les pages, ils découvraient une suite de réflexions sur la nature de l'homme, la corruption du pouvoir religieux, la beauté cachée dans la matière — toutes exprimées à travers des figures métaphoriques, empruntées aussi bien à la Bible qu'aux penseurs néoplatoniciens et aux humanistes contemporains.

Le cœur — *lapis interior* — y était présenté comme un centre symbolique, une « pierre cachée », clef de toute élévation spirituelle et intellectuelle. Il y était dit que l'œuvre de Richier, *Le Transi*, n'était pas qu'un memento mori, mais un livre sculpté dans la chair de la pierre, conçu pour transmettre un message secret.

Montaigne, dans un silence méditatif, repensait à la figure du Transi, ce squelette dressé tenant son propre cœur arraché, sculpté par Ligier Richier quelque vingt ans plus tôt pour le monument funéraire de René de Chalon, prince d'Orange, mort à 25 ans.

— Ce cœur… il ne symbolise pas la vanité, comme l'Église l'a prétendu. Il est le siège de la quête humaine. Le centre du labyrinthe.

Jehan hochait la tête.

— Ce que Richier a sculpté, c'est la tension entre corps et esprit, entre la matière et l'idéal. C'est une œuvre hérétique pour certains… mais sublime.

Le manuscrit faisait aussi référence à une communauté secrète, dispersée dans les villes humanistes du Saint-Empire : les Discipuli Intus, ou « disciples de l'intérieur », un cercle discret d'humanistes et d'artistes, influencés par les idées de

Pic de la Mirandole, Marsile Ficin, mais aussi par la Kabbale chrétienne de Reuchlin, et même certaines pensées soufies parvenues par les échanges avec les cours italiennes.

Bar-le-Duc, enclave d'érudition à la frontière du royaume de France et du Saint-Empire, était l'un des rares lieux où ces idées avaient pu se croiser. Le collège Gilles de Trèves, avec son enseignement du grec, du latin, et de la philosophie morale, en avait été un refuge discret.

— Gilles de Trèves n'était pas seulement un fondateur d'école, murmura Montaigne. C'était un passeur.

Et Louis de Brienne, cet élève trop curieux retrouvé mort dans la cour du collège… aurait-il découvert le sens caché de l'œuvre ? Sa rose noire était-elle un symbole d'appartenance ou un avertissement ?

Dans les pages centrales du manuscrit figurait un plan schématique du Transi, accompagné d'annotations codées. Montaigne et Jehan reconnurent certains motifs déjà observés sur la sculpture de Saint-Étienne : les replis du voile, les stries du fémur, la position du cœur dans les mains.

Jehan pointa une annotation :

— Ici, une lettre grecque… Phi. Le nombre d'or.

— L'œuvre est construite sur une géométrie parfaite, dit Montaigne. Comme les cathédrales. Comme les traités de Vitruve. Richier n'a pas simplement sculpté un cadavre. Il a gravé une structure mathématique de l'âme.

Mais le manuscrit allait plus loin encore.

Dans ses dernières pages, une confession.

"Mon cœur s'est arrêté de battre le jour où j'ai compris que cette œuvre ne serait pas comprise. L'Église l'a tolérée parce qu'elle croyait y voir une image de mort. Mais ceux qui savent verront autre chose : une clef vers l'homme réconcilié avec lui-même, et avec le monde. S'il me faut être maudit, alors soit. Mais que celui qui lira voie en cette pierre non la fin, mais la porte."

Et signé :
L.R. — *Ligier Richier*

Ils refermèrent le manuscrit avec respect.

— Il faut préserver cela, dit Jehan. Pas l'enfermer à nouveau.

— Non. Mais pas non plus l'exhiber. Dans les temps qui viennent, toute pensée hors des dogmes sera traquée comme hérétique.

Montaigne se leva. Il savait que ce qu'ils tenaient là — ce texte, cette œuvre, ce cœur de pierre — était plus qu'un secret. C'était une bombe.

Et déjà, en ville, des hommes s'agitaient. Le collège était toujours fermé, des élèves arrêtés, des presses saisies. La Parlement de Metz, à qui le duc devait bientôt rendre compte, exigeait un durcissement contre les sympathisants des idées nouvelles.

Alors, ils prirent une décision.

Le manuscrit fut confié à un ami imprimeur de confiance, à Saint-Mihiel, ville voisine où les moines bénédictins possédaient une riche bibliothèque et un esprit plus tolérant. Une copie serait faite. Et une autre, envoyée à Bâle, refuge de penseurs humanistes.

Quant à l'original, il fut replacé… dans le cœur du Transi.

— Que le message retourne à la pierre, dit Jehan. Et qu'il attende le regard capable de le lire.

Montaigne approuva, le regard lointain.

— *Car rien ne périt qui a été écrit dans la vérité.*

Et à la surface, la ville tremblait. Le feu montait. Mais dans les profondeurs de Bar-le-Duc, le silence de la pierre conservait intact le cœur de la Renaissance.

Chapitre 11 – Un autre meurtre évité

L'hiver s'était abattu sur Bar-le-Duc avec une rigueur silencieuse. Le vent glacial soufflait sur les toits d'ardoise de la ville haute, s'engouffrant dans les venelles étroites bordées de demeures seigneuriales en pierre blonde. Les arbres de la Promenade du Château, nus et figés, semblaient eux-mêmes retenir leur souffle. Malgré la neige, les rues bruissaient d'inquiétude.

Depuis la fermeture temporaire du collège Gilles de Trèves, la tension ne cessait de croître. Le recteur avait été sommé de se justifier devant les autorités ducales, et les prêches s'étaient durcis. À la collégiale Saint-Étienne, les sermons s'enflammaient contre les «

doctrines dissolvantes » et les « profanateurs de la jeunesse ».

Mais ce matin-là, une nouvelle rumeur parcourut la ville, plus glaçante que les vents de décembre : un élève du collège avait failli mourir empoisonné.

L'événement avait eu lieu lors d'une cérémonie liturgique organisée dans la chapelle du collège, un joyau discret de la Renaissance, riche de fresques et de boiseries sculptées. Bien que l'enseignement ait été suspendu, quelques offices restaient autorisés, afin de maintenir un vernis de piété et de normalité. Le chapelain, frère Jean, un homme austère aux joues creuses et au regard perçant, présidait la messe.

Parmi les assistants, les rares élèves restés à Bar-le-Duc durant la fermeture, dont Pierre d'Aubray, un adolescent calme mais connu pour sa proximité avec le regretté Louis de Brienne. C'était lui que le chapelain avait désigné pour porter l'ostensoir d'argent contenant l'hostie consacrée, un geste symbolique que l'on destinait aux élèves les plus méritants.

Mais alors que Pierre saisissait le socle précieux, il s'était figé, pâle, puis s'était affaissé, suffoquant.

— Une attaque divine ! avait crié frère Jean. Un signe !

Mais le médecin de l'école, maître Gaspard Courtois, appelé en urgence depuis sa maison de la rue des Ducs, décela rapidement la présence d'un poison doux, versé à la base de l'ostensoir, suffisamment puissant pour provoquer une réaction par simple contact avec la peau.

Montaigne, encore présent à Bar-le-Duc sur l'invitation du duc Charles III, fut informé dans l'heure.

— Un autre élève visé. Et cette fois, le poison remplace la pierre. L'assassin veut envoyer un message.

Il retrouva Jehan dans la bibliothèque du château ducal, encore imprégnée de l'odeur des manuscrits anciens et du bois ciré. Le traité de la rose avait été replacé en lieu sûr, mais les conséquences de sa découverte continuaient de résonner comme un glas invisible.

— Pierre est vivant ? demanda Jehan.

— Faiblement atteint. Il s'en remettra.

Jehan posa la main sur une table.

— Le poison dans l'ostensoir… Un objet sacré profané. L'auteur voulait frapper les esprits autant que le corps. C'est un message à double tranchant : il accuse l'hérésie tout en recourant à une violence impie.

— Ou il veut faire croire que les hérétiques sont prêts à tuer, alors qu'il agit pour les discréditer.

Ils se tournèrent vers l'index des religieux du collège. Parmi eux, un nom revint à plusieurs reprises : frère Jean de Fénétrange, ancien moine bénédictin revenu au collège après des années passées à Toul. Un prédicateur fougueux, zélé, proche des idées de la Ligue catholique naissante.

Montaigne avait déjà assisté à l'un de ses sermons, où il citait à la fois Thomas d'Aquin et Savonarole, peignant les humanistes comme des "vers dissimulateurs" minant l'ordre divin.

Ils obtinrent audience auprès du chanoine du chapitre de Saint-Étienne, homme mesuré, inquiet des récentes radicalisations. Montaigne choisit la diplomatie.

— Ce n'est pas contre l'Église que nous enquêtons. C'est contre un usage hérétique de la foi.

Le chanoine soupira. Il avoua que frère Jean avait été dénoncé l'an dernier pour des actes de pénitence excessifs, flagellations en public, et sermons apocalyptiques auprès des élèves les plus fragiles. Mais faute de preuves de délits, on l'avait laissé continuer, par crainte de créer un scandale.

— Il aurait pu se procurer le poison ? demanda Jehan.

— Les herboristes de Bar-le-Duc sont discrets… surtout depuis que certains d'entre eux ont été accusés de pratiques douteuses. Mais frère Jean s'est souvent rendu à la chapelle de Sainte-Geneviève, non loin d'ici, où poussent certaines plantes dangereuses. Belladone, datura…

Montaigne remercia. Le soir même, lui et Jehan se rendirent discrètement à la chapelle abandonnée, au cœur d'une forêt située au nord-est de Bar-le-Duc.

Les ruines de cet édifice, en partie démantelées depuis les guerres de Bourgogne, servaient parfois de refuge à des ermites ou trafiquants d'herbes rares.

Dans une cellule en partie effondrée, ils découvrirent une trappe menant à une cave obscure. Des traces récentes, des fioles. Et, posée sur un autel brisé, une page arrachée d'un psautier, portant cette note à l'encre noire :

"La purification vient par le feu, non par les lettres. Les enfants impurs doivent être réduits à cendres."

Le lendemain, frère Jean fut discrètement arrêté sur ordre du duc, tandis qu'un inquisiteur dominicain en mission diplomatique à Metz faisait halte à Bar-le-Duc.

La peur redoubla dans la ville. Certains virent dans l'arrestation un acte politique ; d'autres y lurent une vengeance des partisans des idées nouvelles. L'évêque de Verdun exigea une enquête canonique. Le recteur du collège, épuisé, demanda à être relevé de ses fonctions.

Mais le plus étrange restait ce détail : l'hostie, censée avoir été placée dans l'ostensoir, n'y était pas.

— Un acte sacrilège, dit Jehan. Mais… symbolique.

— Il y a un troisième niveau, murmura Montaigne. Un jeu de miroirs. L'ennemi que nous traquons pourrait bien être plus qu'un fanatique. Il joue avec les codes, la foi, et les apparences.

Il se tut. À travers la verrière gothique du château, la ville semblait s'assombrir.

Quelque chose de plus ancien encore, de plus profond, semblait se dissimuler derrière les masques de la piété et de l'hérésie.

Un ennemi invisible, tapi dans la pierre même de Bar-le-Duc.

Chapitre 12 – La révélation du Transi

La neige avait fondu sur les pavés de la rue Bar-la-Ville, laissant place à une humidité froide qui s'insinuait dans les manteaux, les pierres, et les esprits. La ville semblait fatiguée, lasse des peurs, des sermons enfiévrés et des ombres qui rôdaient depuis la mort de Louis de Brienne.

Bar-le-Duc n'était plus seulement la coquette capitale de la Lorraine méridionale, connue pour ses demeures Renaissance et ses lettrés. Elle devenait un théâtre d'ombres, où l'art, la foi et la vérité luttaient en silence.

Montaigne descendit lentement la ruelle qui menait à la collégiale Saint-Étienne. Il était seul, Jehan étant resté au collège pour surveiller les réactions des élèves.

Dans la poche intérieure de son manteau, il gardait le feuillet issu du traité codé de la rose — celui qui associait la "pierre intérieure" à un avertissement philosophique et symbolique.

Il savait que la clé du mystère se trouvait là, au cœur du Transi de Ligier Richier.

La collégiale Saint-Étienne, bâtie entre le XIIIe et le XVe siècle, se dressait sur les hauteurs de la ville. C'était le cœur religieux de la cité, l'âme de Bar-le-Duc. Ses voûtes élancées, ses vitraux colorés et sa nef silencieuse inspiraient le recueillement autant que l'introspection.

Mais ce n'était pas vers l'autel que Montaigne se dirigeait, ni même vers la sacristie. Il avançait vers la chapelle funéraire des seigneurs de Saint-Mihiel, où se trouvait l'œuvre la plus étrange, la plus bouleversante de toute la sculpture religieuse lorraine : le Transi.

Ligier Richier, ce sculpteur génial né à Saint-Mihiel vers 1500, l'avait achevé vers 1547. Il avait représenté René de Chalon, prince d'Orange, non pas dans sa gloire terrestre, mais sous la forme d'un cadavre écorché, tendant son propre cœur vers le ciel. Une vision radicale de la vanité des grandeurs, une rupture avec les codes artistiques de son temps.

Montaigne s'agenouilla devant la statue. Il n'y avait là ni or, ni anges, ni espérance visible. Seulement l'ultime vérité du corps, la chair détruite, la main dressée, et ce cœur de pierre — creusé, aujourd'hui, vidé.

Le philosophe sortit le feuillet et le relut à voix basse :

"La pierre intérieure est l'âme libre, non le dogme figé. Quiconque la scelle dans un tombeau la tue."

Et il comprit.

Ce n'était pas un simple monument funéraire. C'était un manifeste. Richier, en représailles contre les horreurs religieuses de son temps — les exécutions, les procès pour hérésie, les brûlés vifs de Metz et Nancy —, avait offert à Bar-le-Duc un cri de marbre.

La main tendue vers le ciel n'était pas un geste de foi… mais d'interrogation. Le cœur, sculpté séparément et inséré dans la poitrine ouverte, était la clé.

Montaigne approcha. Il examina la cavité. Le socle intérieur comportait des gravures fines, effacées par le temps. Des initiales. Des chiffres. Des symboles. Un entrelacs de lettres hébraïques, latines et grecques.

Des marques alchimiques et humanistes.

Il sortit une bougie, l'alluma, et orienta la flamme. Sous la lumière vacillante, un mot apparut, gravé à l'envers : *"Metanoia"*.

— Le changement du cœur, murmura-t-il. La conversion intérieure.

Pas vers une foi... mais vers la pensée libre.

Il se redressa. Tout devenait clair. Louis, l'élève mort, avait découvert ce secret. Le cercle des Discipuli, ces jeunes érudits passionnés par la réforme et les arts, avaient interprété le Transi non comme une fin... mais comme un début. Une porte ouverte vers une foi sans dogme, vers une sagesse intérieure fondée sur la raison, la mort acceptée, et la vérité sans violence.

Et c'était cela qu'on avait voulu faire taire.

Montaigne retourna voir Richier ce soir-là. Le vieil homme, affaibli depuis la visite précédente était encore bien lucide. Ses mains tremblaient, mais son regard était vif, presque impatient.

— Vous avez compris, dit-il avant même que Montaigne n'ouvre la bouche.

— Le Transi n'était pas une commande de piété. C'était un avertissement.

Richier acquiesça. Ses mots étaient lents, rugueux :

— René de Chalon m'avait demandé un monument à sa gloire. Mais il est mort jeune, dans la boue de Saint-Dizier, éventré par le fer. Comment faire l'éloge d'un homme que la guerre a réduit à rien ? Je n'ai pas sculpté un héros. J'ai sculpté l'homme nu, l'homme seul face au ciel. Le cœur était… notre voix. Un secret, un refus.

— Et vous avez permis que ce message traverse les siècles.

Richier le regarda longuement.

— Le cœur n'était pas qu'un symbole. Il contenait le fragment d'un texte interdit, d'un traité d'Érasme, annoté de ma main. Je l'ai scellé là, pour qu'un jour, quelqu'un comme vous le trouve.

Il sourit.

— Ce n'est pas l'Église qui sauvera nos âmes. Ce sont les livres. La beauté. Et le doute.

Quand Montaigne quitta la maison, la nuit tombait sur Bar-le-Duc. Des flocons fins dansaient sur les toits sculptés du quartier Renaissance. Il regarda la ville, ses ruelles, ses clochers. Il pensa à Louis. À Jehan. À tous ceux qui cherchaient la lumière, même au fond des cryptes.

Le Transi n'était plus une énigme. Il était un miroir.

Et dans ce miroir, Montaigne vit l'humanité nue, offerte à la pensée.

Chapitre 13 – Le procès du savoir

Le grand portail de la collégiale Saint-Étienne avait été ouvert à l'aube. Des bancs avaient été tirés jusqu'au transept, et une table épaisse dressée sur des tréteaux au pied du chœur servait de siège au tribunal ducal. Les vitraux aux teintes rouges et bleutées projetaient sur les pierres les éclats d'un Jugement Dernier silencieux, comme un avertissement céleste.

Bar-le-Duc retenait son souffle.

Le duc Charles III de Lorraine, silhouette sévère dans son manteau doublé d'hermine, présidait l'audience. À ses côtés, l'évêque de Toul, deux conseillers juridiques du duché, un prévôt royal et le recteur du collège Gilles de Trèves. Un silence religieux s'était installé. Le peuple n'était autorisé à assister qu'à distance, debout entre les piliers et les bas-côtés. Le crime qui les réunissait avait trop remué la ville pour être étouffé.

Enchaîné, le frère Jean de Fénétrange fut introduit. Son habit était en désordre, mais son regard ne fléchissait pas. L'homme, originaire du pays de Sarrebourg en Moselle, avait longtemps enseigné la rhétorique et le catéchisme au collège. Sa piété était reconnue, mais son intransigeance doctrinale avait toujours divisé.

Un scribe lut solennellement les chefs d'accusation :

"Jean de Fénétrange, moine de l'ordre de Saint-Augustin, est accusé de haute trahison spirituelle, de meurtre prémédité sur la personne de Louis de Brienne, élève du collège Gilles de Trèves, de tentative d'empoisonnement sur un second élève, de profanation d'un objet sacré (ostensoir), de manipulation d'objets religieux à des fins politiques, et d'incitation à la haine par le détournement d'œuvres artistiques sacrées."

Le duc fit un geste. Montaigne, assis en retrait parmi les notables, croisait les bras, son regard rivé sur l'accusé. Jehan de Morville, assis à ses côtés, avait apporté les carnets retrouvés dans la chambre de Louis. L'enquête avait abouti. Mais le procès devait faire sens pour tous.

— Frère Jean, dit le duc, le moment est venu de dire la vérité. Était-ce vous qui avez placé une décoction empoisonnée dans l'ostensoir de la chapelle du collège ?

— Oui, répondit le moine sans détour. Je voulais purger le mal à sa racine.

— Et Louis de Brienne ? demanda l'évêque. Pourquoi cet élève ?

Jean de Fénétrange ferma les yeux un instant, puis reprit, d'une voix ferme mais sans violence.

— Louis était brillant. Trop brillant. Il posait les mauvaises questions. Il ne se contentait pas du Credo. Il commentait Sénèque plus que les Évangiles, et copiait les annotations hérétiques d'Érasme dans les marges des livres du collège. Il parlait d'un "cercle d'élèves" où l'on débattait de la transsubstantiation, des indulgences et de la beauté nue des œuvres païennes. Il défendait le Transi comme une vérité. Une vérité contre l'Église.

Montaigne se redressa.

— Vous l'avez tué parce qu'il pensait ?

— Parce qu'il séduisait d'autres esprits. Il a trouvé dans la sculpture de Richier un symbole qui n'est plus chrétien. Ce cœur de pierre creux... ce n'est pas une méditation sur la résurrection, c'est un tombeau d'idées hérétiques.

— Comment l'avez-vous tué ? demanda le procureur.

— Il buvait chaque jour à la fontaine du cloître inférieur, vers l'heure de vêpres. J'y ai versé une infusion d'aconit et de belladone, macérée dans du vin de noix. Assez pour provoquer une chute, un effondrement du cœur. Pas de trace évidente. On parlerait d'un malaise. La providence, diraient certains.

Un murmure d'effroi courut dans l'assemblée.

— Et la rose noire ? demanda alors Jehan.

— Un symbole pour les autres. La rose noire fleurit dans l'obscurité. Je voulais qu'ils sachent que leur cercle était vu. Jugé. Qu'il n'y a pas de refuge hors du dogme.

Le duc tapota la table. Il n'avait pas besoin d'en entendre davantage.

— Vous avez également profané l'église, continua l'évêque. Vous avez retiré le cœur de pierre du Transi de Ligier Richier, que vous considériez comme un manifeste impie. Pourquoi l'avoir remplacé par une bourse ?

Jean répondit d'une voix presque éteinte :

— Pour montrer que la foi vacille dès qu'elle s'achète. Le monde que vous dirigez est déjà corrompu par l'or. Et le Transi... ce cadavre qui s'extirpe de sa chair... il est une déclaration contre la peur, contre le dogme. Il fallait le souiller pour rappeler la croix.

Montaigne se leva lentement. Il parla avec une gravité retenue :

— Frère Jean, vous n'avez pas jugé un hérétique. Vous avez tué un adolescent qui cherchait. Et vous avez sali l'œuvre d'un homme, non par foi, mais par orgueil.

Le duc conclut : Frère Jean de Fénétrange serait conduit à Toul pour y comparaître devant l'Inquisition de Lorraine. Il ne verrait plus Bar-le-Duc.

Le collège, quant à lui, resterait sous surveillance. Mais grâce à l'action de Jehan, du recteur et de quelques humanistes discrets, il serait sauvé pour un temps.

À la sortie de la collégiale, le peuple murmurait encore. Le Transi de Richier avait repris sa place. Mais le vide au cœur de la sculpture, désormais béant et non restauré, semblait parler plus fort que jamais.

Chapitre 14 – Le dernier entretien avec Richier

Le vent glissait en soupirs le long des venelles de la Ville-Haute, porteur d'une humidité mordante. À l'horizon, les bois de Ligny et les collines enserrant Bar-le-Duc se fondaient dans une brume hivernale. La ville, encore secouée par le procès du frère Jean, retenait son souffle, comme si le silence lui-même devenait prière ou prudence.

Michel de Montaigne, emmitouflé dans une cape doublée de fourrure, marchait lentement le long des pavés disjoints de la rue des Ducs. Il montait vers la maison de Ligier Richier, nichée non loin de la collégiale Saint-Étienne, d'où l'on entendait parfois, à l'aube, les cloches pleurer dans le brouillard.

L'artiste, que son œuvre — le Transi de René de Chalon — achevée vingt ans plus tôt, avait rendu célèbre dans toute la Lorraine semblait aussi l'avoir vidé.

Montaigne était attendu. Une lettre lui avait été remise discrètement au collège, signée d'une main tremblante : « *Si vous voulez comprendre le cœur, venez avant qu'il cesse de battre.* »

Richier vivait dans une demeure sobre, à l'abri des regards, partagée entre atelier et logis. Un serviteur muet l'accueillit et le conduisit dans une pièce faiblement éclairée. Des rideaux épais coupaient l'air froid, mais aussi la lumière. Une cheminée crachotait un feu paresseux. Des planches, des outils, des croquis couvraient les murs et les tables, mais tous semblaient anciens, comme figés dans un autre temps.

Le sculpteur était là, assis dans un fauteuil sculpté — probablement de sa main. Sa silhouette paraissait plus osseuse encore que son Transi : la peau tendue sur le crâne, les joues creusées, les doigts déformés. Mais dans ses yeux brillait encore une intelligence ardente.

— Monsieur de Montaigne, dit-il d'une voix rauque, j'ai lu votre livre… Celui où vous vous examinez comme un chirurgien son propre cadavre.

— *Les Essais* ? Je suis flatté que vous en ayez eu connaissance.

— Non, non flatté… Reconnu. Vous savez ce que c'est que de vous disséquer vivant. J'ai fait cela avec la pierre.

Il sourit, puis toussa longuement, un tissu pressé sur sa bouche. Une trace de sang y apparut.

— Approchez. Il est temps que je vous dise ce que cache le Transi.

Montaigne s'assit face à lui. Richier tendit la main vers un vieux coffret. À l'intérieur : un cœur sculpté en bois de noyer, délicatement ouvragé. Sur ses flancs, des symboles — l'un était le « M » des Médicis, un autre une rose stylisée, un troisième une clepsydre brisée.

— Ceci, c'est le premier cœur, dit-il. Celui que j'ai sculpté avant la pierre. Je voulais en faire un message, pas un objet funéraire. René de Chalon était un homme d'honneur, mais il est mort dans une guerre absurde. J'ai voulu que sa mort parle.

Il fit une pause, les yeux perdus dans le feu.

— Le Transi n'est pas une célébration de la mort. C'est un avertissement. Une question. Un miroir. L'homme qui tient son propre cœur, c'est celui qui doit s'interroger sans cesse. Ce cœur est une métaphore.

Montaigne, fasciné, ne bougeait plus.

— Et pourtant… beaucoup le regardent et ne voient qu'un squelette. Ou une horreur. Ils n'y cherchent pas le sens, seulement l'effet.

— Vous avez caché un secret dans l'œuvre ? demanda Montaigne.

Richier hocha la tête.

— Pas un secret au sens des alchimistes. Un secret comme celui d'une énigme laissée dans une pierre pour celui qui sait lire. Il y a dans le cœur du Transi un jeu de plis et de nervures qui reproduit un mot. En latin.

— Quel mot ?

— *Veritas.*

Le silence retomba, épais comme la pierre.

— La vérité ? dit Montaigne.

— Oui. Mais la vérité n'est pas simple. Elle est nue, et cela effraie. On préfère la couvrir de dogmes, de rituels, de peurs. J'ai sculpté la nudité d'un homme avec son cœur dehors pour que chacun voie ce que cela coûte, de porter la vérité sur soi.

Montaigne se leva, marcha lentement vers une fenêtre qu'il écarta. Dehors, la Ville-Haute s'étendait, couverte de toits pentus, dominée par les clochers de Saint-Étienne et du collège. Plus loin, on devinait les jardins suspendus, les bastions érigés sous René II, et, au loin, la vallée de l'Ornain serpentait entre les bois.

— Que voulez-vous que je fasse de ce savoir, maître Richier ?

— Le transmettre à ceux qui questionnent encore. À ceux qui lisent. À ceux qui regardent sans fuir.

Il tendit le petit cœur en bois à Montaigne.

— Ce bois vient des forêts de Saint-Mihiel. Il est plus tendre que la pierre, mais plus vivant.

Plus tard, Michel redescendit dans la ville. Derrière lui, les cloches de la collégiale sonnèrent les vêpres. Ligier Richier ne survécut que quelques semaines à cet entretien. On enterra son corps dans la sobriété qu'il avait exigée.

Mais dans les années qui suivirent, ceux qui observèrent le Transi avec attention — des élèves, des curieux, des philosophes — notèrent parfois que le cœur semblait parler. Non par miracle, mais par composition, par intention.

Et Montaigne, en repartant vers l'Italie peu après, nota dans ses carnets :

"À Bar-le-Duc, j'ai vu la mort parler à l'esprit. Non pas pour effrayer, mais pour éveiller. Et j'ai su que la pierre pouvait contenir plus que des cendres."

Chapitre 15 – Le départ de Montaigne

Le matin se leva sur Bar-le-Duc dans une lueur pâle, presque bleutée, que le brouillard de l'Ornain étirait comme un voile sur les toits d'ardoise. Les rues de la Ville-Haute, encore humides de la nuit, étaient désertes, hormis quelques marchands tirant leurs charrettes en grommelant. Le vent d'est glissait entre les pierres du pont Notre-Dame, jouant entre les gargouilles usées du collège Gilles de Trèves, dont les volets étaient encore clos.

Michel de Montaigne se tenait dans la cour pavée de l'auberge de la Couronne, une des plus réputées de la ville, à proximité de la rue du Bourg. Autour de lui, ses valets préparaient ses coffres et selles. Il avait décidé de quitter Bar-le-Duc ce jour-là, reprenant sa route vers l'Italie, son grand voyage amorcé l'année précédente.

Mais cette ville l'avait marqué plus qu'aucune autre depuis son départ du Bordelais.

Dans son manteau de voyage à col de renard, il observait, pensif, les silhouettes familières : le jeune Jehan de Morville, resté à distance, les yeux brillants de gratitude et de chagrin mêlés ; le doyen du collège venu discrètement saluer l'auteur des *Essais*, et un domestique du château ducal tenant une lettre cachetée, probablement un mot de remerciement du duc Charles III lui-même.

La veille, une messe avait été dite à la collégiale Saint-Étienne pour apaiser les tensions religieuses ayant secoué la ville. Frère Jean de Fénétrange, le moine fanatique arrêté pour tentative d'empoisonnement et manipulation symbolique autour du Transi, avait été emmené sous bonne garde vers Toul. Le collège Gilles de Trèves, bien qu'entaché, avait été autorisé à poursuivre ses enseignements, sous une étroite surveillance. La Renaissance, à Bar-le-Duc, battait au rythme incertain d'un cœur partagé entre foi et raison.

Montaigne grimpa dans sa litière, mais au lieu de donner immédiatement le signal du départ, il ouvrit un carnet de cuir noir, usé par les trajets et les méditations. Il trempa sa plume dans un petit encrier suspendu à son ceinturon et écrivit, en lettres larges :

« J'ai vu dans la pierre ce que la chair cache trop bien : la peur, la foi, la folie. »

Puis, après une hésitation, il ajouta :

« À Bar-le-Duc, j'ai conversé avec la mort, et elle m'a répondu par l'art. »

Il referma le carnet, le glissa sous son manteau, et fit signe à son valet de lancer les chevaux.

Alors que la petite caravane franchissait la porte Romaine — vestige de l'ancienne voie antique qui reliait Bar-le-Duc à l'ancienne Nasium —, Montaigne jeta un dernier regard en arrière.

La ville se tenait là, noble et discrète, son château ducal surplombant la vallée depuis la crête de la Ville-Haute. Il repensa aux salles du château, aux tapisseries ornées des lys lorrains, aux escaliers de pierre gravés d'inscriptions latines, vestiges d'un humanisme que la guerre menaçait toujours. Il se souvint des couloirs silencieux du collège, du murmure des élèves dans les salles où l'on étudiait Cicéron et Aristote, mais où l'on murmurait aussi les noms de Luther et Calvin.

Et surtout, il revit le Transi.

Cette sculpture, que la plupart contemplaient comme un effroi, l'avait touché comme une page philosophique. Il savait maintenant ce que Richier avait voulu dire. La mort n'était pas la fin, mais le dernier miroir. Et l'art, quand il osait nommer la vérité, pouvait devenir plus dangereux que mille sermons.

Jehan de Morville regardait la poussière des sabots s'éloigner vers l'est, vers Ligny, puis Gondrecourt, et au-delà, vers les cols suisses et l'Italie. Il tenait dans ses mains le petit cœur de bois que Richier avait confié à Montaigne… que ce dernier avait choisi de lui laisser.

Sur le cœur, Jehan avait découvert de nouvelles marques, des signes minuscules gravés dans les nervures. Il les déchiffrait lentement. Une rose. Une clef. Une étoile à six branches. Et ce mot : *Sapientia*.

Le savoir.

Il comprit que sa tâche n'était pas finie. Que l'héritage du Transi n'était pas un testament figé dans la pierre, mais un message à porter, à déchiffrer, à transmettre.

Plus tard dans la journée, dans une salle du collège, Jehan ouvrirait un livre de Sénèque, puis un autre d'Érasme, et méditerait sur ces mots :

« Le sage ne craint point la mort, car il vit en la comprenant. »

Et pendant ce temps, sur la route poussiéreuse entre Lorraine et Bourgogne, Michel de Montaigne, secoué dans sa litière, souriait à la pensée qu'il n'avait pas seulement visité une ville… mais un tombeau vivant de pensée, d'art et de vérité.

Chapitre 16 – Une ville suspendue

Bar-le-Duc, printemps 1581. La neige avait fondu, libérant les toits d'ardoise de la Ville-Haute et les jardins suspendus qui dominaient la vallée de l'Ornain. Les cerisiers en fleurs bordaient les murs de la rue du Bourg, et les cigognes revenaient nicher sur les cheminées des maisons nobles. La ville semblait respirer à nouveau, comme si les vents du fanatisme s'étaient retirés, du moins provisoirement.

Jehan de Morville, désormais maître précepteur au collège Gilles de Trèves, longeait lentement la galerie à arcades qui courait le long de la cour principale. Sous son bras, un recueil annoté des *Essais* de Montaigne. Dans ses pensées, les mots de son ancien compagnon de route, parti depuis plusieurs mois vers Rome, résonnaient encore : « *La sagesse n'est pas un savoir, c'est un équilibre.* »

Le collège, fondé par Gilles de Trèves en 1574 avec le soutien du duc de Lorraine, était à la fois une institution d'avant-garde et une cible pour les conservateurs. Édifié en pierre de Savonnières, avec ses hautes fenêtres gothiques et son plan quadrangulaire, il était conçu pour accueillir une cinquantaine d'élèves, catholiques ou non, à condition qu'ils fussent instruits et disciplinés.

Mais l'affaire du Transi et les événements récents avaient fissuré cette promesse de tolérance.

Dans la grande salle de lecture, les élèves lisaient désormais sous la vigilance accrue d'un nouveau recteur, nommé par le duc lui-même. Celui-ci, un certain abbé d'Argenlieu, portait l'habit noir des bénédictins réformés et surveillait les étagères comme un inquisiteur de bibliothèque. Les livres d'Érasme, de Pic de la Mirandole et même de Rabelais avaient été rangés dans un cabinet fermé à clef. Les humanistes n'étaient pas encore interdits, mais on les lisait en silence, à voix basse, comme des prières clandestines.

Jehan, quant à lui, avait choisi de rester. Il aurait pu partir pour Bâle ou Padoue, où l'humanisme était plus libre. Mais il avait compris, à la lumière du Transi de Richier, que c'est dans les terres les plus sombres que la lumière doit être tenue, même vacillante.

Un soir, dans le cabinet où l'on conservait les correspondances et les manuscrits, il retrouva une lettre oubliée, signée de la main de Gilles de Trèves, le fondateur. Elle datait de 1575 et s'adressait au duc Charles III :

« Je ne fonde pas ici une simple école, mais une citadelle pour l'esprit. Que la foi et la raison s'y croisent sans se heurter, et que les jeunes âmes y apprennent à juger par elles-mêmes. »

Ces mots confirmèrent à Jehan que sa place était là. Pas seulement pour transmettre le latin ou la rhétorique, mais pour garder vivante une flamme.

Pendant ce temps, la ville elle-même se relevait lentement. Le marché de la Ville-Basse, près de la porte Romane, reprenait vie. Les tanneurs du quartier des Gravières faisaient sécher les peaux sur les rives de l'Ornain, et les boulangers de la rue des Ducs vendaient à nouveau leur pain blanc aux notables.

Mais Bar-le-Duc restait une ville suspendue : entre Renaissance et Contre-Réforme, entre liberté de penser et autorité du dogme. Des espions ducal surveillaient les allées et venues des intellectuels. La moindre rumeur sur une lecture interdite pouvait faire fermer une salle de classe. Et pourtant, entre les pierres des cloîtres et les manuscrits des greniers, les idées circulaient encore.

Jehan avait organisé un petit cercle d'élèves avancés, qu'il recevait discrètement dans une pièce située au-dessus du réfectoire. Ils y lisaient Montaigne, mais aussi Platon, Lucrèce, et des lettres retrouvées de Marguerite de Navarre. Le cercle s'appelait simplement *Discipuli* — un écho au groupe clandestin auquel Louis de Brienne avait appartenu.

Un matin, alors qu'il descendait de la Ville-Haute vers la place Saint-Pierre, Jehan passa devant la collégiale Saint-Étienne. Le Transi y reposait, toujours. Mutilé, restauré partiellement, il avait retrouvé sa place dans la crypte. Certains pèlerins venaient maintenant l'admirer comme une œuvre d'art, d'autres y cherchaient un avertissement divin.

Jehan s'arrêta un instant devant la sculpture. Le cœur de pierre, jadis retiré, avait été symboliquement remplacé par une pièce vierge, polie mais sans inscription. Un silence habité régnait autour du monument, comme si Ligier Richier continuait à parler à travers sa pierre.

« Peut-être, pensa Jehan, n'a-t-il jamais voulu créer une sépulture, mais une énigme. »

Et c'était à lui, à présent, de faire vivre la question.

Ce printemps-là, Jehan entreprit de compiler ses observations dans un petit carnet, à la manière de Montaigne. Il l'intitula : *De l'école libre*. Il ne visait pas la gloire. Il voulait simplement semer, au cœur de cette ville fragile, les graines d'un avenir éclairé. Une ville suspendue, certes. Mais non figée.

Car il le savait désormais : tant que la pensée peut être enseignée — fût-ce dans l'ombre — la lumière ne meurt jamais tout à fait.

Épilogue – Les pierres et les mots

Année 1592. Onze ans se sont écoulés depuis le départ de Montaigne et la tourmente qui avait agité Bar-le-Duc. Le royaume de France est encore en guerre, Henri IV n'est pas encore entré dans Paris, et le duché de Lorraine, neutre en apparence, continue de marcher sur un fil entre prudence et tension.

Jehan de Morville est resté fidèle à la ville. Il a vieilli prématurément — les livres, les deuils et la solitude laissent d'étranges rides, plus profondes que celles du labeur manuel — mais il enseigne encore, bien que ses cours se fassent désormais à huis clos.

Le collège Gilles de Trèves existe toujours, mais son aura a changé. Les jésuites ont depuis peu obtenu l'autorisation d'y établir un noviciat. Certains disent que c'est la fin d'un rêve humaniste, d'autres qu'il fallait sauver ce qui pouvait l'être.

Jehan, lui, sait que les idées ne meurent pas. Elles se cachent. Elles se transmettent dans un regard, une marge annotée, une phrase glissée entre deux vers de Virgile.

Un matin d'automne, alors que la brume s'accroche aux toits de la Ville-Haute, un messager frappe à la porte du logis de Jehan. Il vient de Bordeaux. Dans ses mains : un exemplaire des *Essais*, édition de 1590, revue et augmentée par l'auteur lui-même.

À l'intérieur, sur la page de garde, une dédicace tracée d'une main vacillante mais reconnaissable entre toutes :

À mon compagnon de Bar, qui connut dans la pierre plus de vérité que dans la chair. M.D.M.

Jehan s'assied lentement et relit la dédicace. Montaigne, revenu d'Italie, revenu de la maladie, revenu du monde... n'a jamais oublié leur brève fraternité. Et peut-être, dans ces lignes, un adieu silencieux.

Ce soir-là, Jehan retourne une dernière fois à la collégiale Saint-Étienne. Il ne parle plus guère, mais il pense encore.

Le Transi de Ligier Richier est là, inchangé. La pièce blanche, vierge, posée au creux de la poitrine sculptée, semble le fixer à son tour.

Jehan s'agenouille, non par foi, mais par fidélité.

« Tu as été notre miroir, vieux sculpteur. Tu nous as montré l'âme nue. »

Il pose dans l'ombre une rose blanche. Puis il se relève, tourne le dos au tombeau — et s'en va, sans se retourner.

Des années plus tard encore, un enfant curieux découvrira ce même Transi. Il n'en comprendra pas le sens, mais il ressentira un trouble, une sorte d'appel muet à penser. Il demandera : « Pourquoi le cœur est-il vide ? »

Et c'est alors qu'un professeur, peut-être formé lui-même par les lointains héritiers de Jehan, répondra simplement :

« *Parce que la vérité n'a pas de forme. Elle se cherche.* »

Et ainsi, dans les pierres de Bar-le-Duc, à travers le silence et les siècles, la pensée continuera de vibrer.

FIN